여왕의 거울

글 그림 박정이

시담포엠 시인선 001

여왕의 거울

시담포엠 시인선 001

초판 발행 | 2017년 3월 31일

지 은 이 박정이
펴 낸 이 김성규
펴 낸 곳 **시담포엠**
출판등록 2017. 02. 06.
등록번호 제2017-46호
주   소 서울시 강남구 테헤란로 311, 1321호(역삼동, 아남타워)
대표전화 010-2378-0446, 02)568-9900

ⓒ박정이, 2017
ISBN 979-11-960275-0-6 03810

값 14,000원

여왕의 거울

박정이 시집

가을의 체위는

몸의 감옥이다

아니다

내 눈빛의 비밀번호,

내 꽃잎의 비밀번호를

누군가에게 묻고 싶다

어떻든 어둠의 열쇠로

여왕의 꽃잎을 열어보는 건

황홀한 굴복이 아닐까 생각해본다

2017년 봄날의

수줍은 밤에

박정이

■ 차 례

수줍은 밤 —가을의 체위 — 9

수줍은 밤 —여왕의 거울 — 10

수줍은 밤 —꽃밭 — 11

수줍은 밤 —눈과 꽃잎 — 12

수줍은 밤 —요정 — 13

수줍은 밤 —꽃잠 — 14

수줍은 밤 —사춘기 — 15

수줍은 밤 —HOTEL — 17

수줍은 밤 —영산강 — 18

수줍은 밤 —Poem — 19

수줍은 밤 —건축 — 20

수줍은 밤 —시의 꽃 — 21

수줍은 밤 —비밀번호 — 22

수줍은 밤 —어둠의 열쇠 — 23

수줍은 밤 —내상 — 25

수줍은 밤 —혼자 사는 여자 (1) — 26

수줍은 밤 —혼자 사는 여자 (2) — 27

수줍은 밤 —비낀 꽃놀이 — 28

수줍은 밤 —그리움의 단층 — 29

수줍은 밤 —늪 — 30

수줍은 밤 —강강수월래 — 31

수줍은 밤 —참새놀이 — 32

수줍은 밤 —대꽃 — 34

수줍은 밤 —무덤 — 35

수줍은 밤 —갈증 — 36

수줍은 밤 —피아노 — 37

수줍은 밤 —야음夜陰 — 38

수줍은 밤 —야화 — 39

수줍은 밤 —사랑 — 40

수줍은 밤 —이중적인 것 — 42

수줍은 밤 —달맞이꽃 — 43

수줍은 밤 —벌레 — 44

수줍은 밤 —달빛 그림자 — 45

수줍은 밤 —짝사랑 고백 받다 — 46

수줍은 밤 —꼴통 — 47

수줍은 밤 —허무 — 48

수줍은 밤 —입술 — 50

수줍은 밤 ─정사 ─ 51

수줍은 밤 ─유효기간 ─ 52

수줍은 밤 ─꽃 ─ 53

수줍은 밤 ─식당 ─ 54

수줍은 밤 ─꽃 살림 ─ 55

수줍은 밤 ─밤안개 ─ 56

수줍은 밤 ─관계 ─ 58

수줍은 밤 ─안개 ⑴ ─ 59

수줍은 밤 ─안개 ⑵ ─ 60

수줍은 밤 ─안개 ⑶ ─ 61

수줍은 밤 ─성가를 버리다 ─ 62

수줍은 밤 ─권력 ─ 63

수줍은 밤 ─네 개의 눈빛 ─ 65

수줍은 밤 ─연인 ─ 66

수줍은 밤 ─여자의 디저트 ─ 67

수줍은 밤 ─본능 ─ 68

수줍은 밤 ─둥글개첩 ─ 69

수줍은 밤 ─비꽃 ─ 70

수줍은 밤 ─슬파 ─ 71

수줍은 밤 ─선달 그믐달 ─ 73

수줍은 밤 ─소리의 그림자 ─ 74

수줍은 밤 ─홀로 자라는 눈빛 ─ 75

수줍은 밤 ─춤 ─ 76

수줍은 밤 ─젖은 편지 ─ 77

수줍은 밤 ─몸은 감옥이다 ─ 78

수줍은 밤 ─얼음벽 수레 ─ 79

수줍은 밤 ─질투 ─ 80

수줍은 밤 ─봄비 ─ 81

수줍은 밤 ─시를 가두는 이유 ─ 82

수줍은 밤 ─타는 목마름 ─ 83

수줍은 밤 ─연두 새 ─ 84

수줍은 밤 ─매력 ─ 86

수줍은 밤 ─손님 ─ 87

수줍은 밤 ─사랑꾼 ─ 88

수줍은 밤 ─황홀한 굴복 ─ 89

수줍은 밤 ─색 ─ 90

수줍은 밤 ─청녀 ─ 91

수줍은 밤 ─이끌림 ─ 92

수줍은 밤
-가을의 체위

가을은
여자가 엎드려 있는 것처럼
뒤로 온다

나주곰탕집에서
두 연인이 밥을 먹는다
나도 나주곰탕집에서 밥을 먹는다

나주곰탕은 투명하다
나주곰탕이 투명한 것은
가을 집으로 들어가는 것

투명한 가을 속으로
두 남녀가 들어갔다
1321호

수줍은 밤
─여왕의 거울

거창군 거창읍 화장실에서였다
오줌을 누려고 앉았다
거울이 아랫도리에 맞춰져 있었다

내 팬티를 내리자
거기가 비쳤다
여자는 ××가 깨끗해야
나라가 바로 선다

수줍은 밤
–꽃밭

그이가 그러셨어요
꽃밭을 만들라 했어요
전쟁터를 만들지 말라 하셨어요
꽃밭을 만들라 했어요

수줍은 밤

-눈과 꽃잎

눈가에 이슬이 젖는다
꽃잎에 이슬이 젖는 것과 다르지 않다

수줍은 밤

−요정

사내는
권력이 높거나 낮거나
모두 똑같다

권력에는
나이가 없다

수줍은 밤

-꽃잠

꽃잠을 잤던 탓일까
푸르름이 숨을 토해낸다

알몸에 푸른 뼈가 박혀 있어
질척한 문장이
언뜻 둥근 생애 슬픔을 읽지 못한다

길어진 시선을 뒤로 하고
어둠에서 붉은빛을 캐어내며
달빛의 신음소리가
설핏설핏 일렁이는 바람을 체하게 한다

수줍은 밤
−사춘기

사춘기는 나이가 없다
젊거나 늙거나
남자나 여자나 사춘기다

수줍은 밤
−HOTEL

1321호는
통유리 밖으로
달이 뜬다

수줍은 밤
─영산강

탁자 밑에서 팬티를 내렸다
내리는 건 팬티가 아니다

속살이다
속살이 내렸다
강물이 출렁거린다

수줍은 밤
-Poem

모든 시는
체어섹스다

나는 의자에 앉아서
시를 쓴다

수줍은 밤
―건축

모든 체위에는
속꽃이 핀다

봄 여름 가을 겨울

건물의 체위는
사람이 만든다

수줍은 밤
-시의 꽃

시에는 꽃이 핀다
속꽃이 핀다

속꽃은 하나로 일치되기 때문이다

수줍은 밤
−비밀번호

내 눈빛의 비밀번호를 아시나요

꽃잎의 비밀번호
당신이
내 눈빛의 비밀번호를 안다고 했어요
마음의 비밀번호
꽃잎의 비밀번호를 아시나요

수줍은 밤
–어둠의 열쇠

누가
내 꽃잎의 비밀번호를 아시나요

어둠에서만 빛나는 꽃잎
나의 밝은 눈은 손등만 더듬고
밤에만 익숙한 또 다른 나의 눈이
비밀번호를 궁금해 하고 있어요
꿈속에서 가르쳐준 번호가
그 비밀번호였더라는
내 어두운 곳에서만 볼 수 있는 눈이
그대의 꿈에 체포되어 알아낸 번호
눈이 자꾸 어둠 속을 그리워하고 있어요
내 비밀번호는 어둠 속에서만 열릴 거예요

수줍은 밤

−내상

그 여자는
붉은 땀이 흐르면 죽는다고 소리친다
몸이 뜨거워서 흘린 땀이 아니다
색과 색이 부딪쳐서 흘린 붉은 꽃물이다
상처 하나 남기지 않는 부딪침,
상처는 속으로만 익어간다
상처의 색깔은 진홍이다
진홍의 끝은 죽음이고
죽음은 땀으로 부딪친다

수줍은 밤
-혼자 사는 여자 (1)

그 여자의 밤은
수줍은 초승달이다

이브자리가 배처럼 떠다닌다

수줍은 밤
-혼자 사는 여자 (2)

그 여자는
밤마다 허기지는 그믐달이다

밤의 몽유 사냥꾼이다

수줍은 밤

−비낀 꽃놀이

깊은 밤
어둠 속에 숨어있는 허공 속의 여린 물풀이
사물사물 간질이며
영산강의 물길 목덜미를 훑고 간다

수줍은 밤
-그리움의 단층

바람의 끝으로 휑한 거리는
격렬한 늪의 물결이 일렁인다

수줍은 밤

−늪

거대한 바람이
달빛의 속치마를 들춘다

그리고
달빛의 눈을
달빛의 늪을 젖혀가는 중이다

수줍은 밤
−강강수월래

여자가 춤을 춘다
팔월 한가위 바람들이
강강수월래 강강수월래
후렴을 한다
여자가 노래를 한다
정월 대보름 바람들이
강강수월래 강강수월래
또 후렴을 한다
쉼 없이 후렴을 하는 계절의 바람들
여자는 다시 슬픔에 체한다

수줍은 밤
−참새놀이

참새놀이
너무 찾지 마세요
내가 전생으로 돌아가면 좋겠어요
참새가 대숲에서 날아요
댓잎인지 참새인지 찾기 힘들 거예요

그대여
대숲에서 한 세상 살아요

대숲에는, 참새가 있어요

수줍은 밤
─대꽃

내
영산강
상류는
담양

담양의
대밭

걸어서 걸어서 오르는 하늘 사다리
백년이 걸리더라도
기어이 꽃을 피운다

수줍은 밤
–무덤

무덤은 선정적이다
내게도
두 개의 무덤이 있다

수줍은 밤

-갈증

바람이 분다
격렬하게 떨지 못한 바람들,
영산강 출렁이는 그녀의 밤은
끝없이
물소리만 철썩거리는데

수줍은 밤

−피아노

달빛이 구름에 갇혀
눈을 지그시 뜨고
온몸으로 흰 건반을 친다

수줍은 밤

―야음^{夜陰}

한강은 흐른다
서울의 밤이 쉼 없이 흐른다
호모사피엔스
울음의 뿌리들이 끝없이 흐른다

수줍은 밤

−야화

온몸으로 끓여서
흘리는 물은 마르지 않는다

수줍은 밤
―사랑

사랑은
모든 어두운 기억을 삭제하는 것

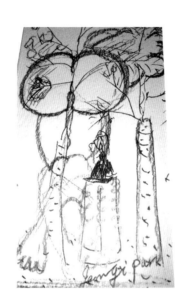

수줍은 밤
─이중적인 것

그 남자의 바람 꼬리는
낮에는 작아지고 밤에는 길어진다

수줍은 밤

−달맞이꽃

낮에는 거두어들이고
밤에는 쏟아낸다

수줍은 밤
ㅡ벌레

세상의 모든 빛깔로
나를 갉아 먹는다

수줍은 밤
–달빛 그림자

툭진 참나무 등걸에서 따낸
향긋한 송이버섯
달빛 그림자 진 혀 위에서
어둠을 음미한다

수줍은 밤
−짝사랑 고백 받다

등에 난 종기가 신경질을 부린다
그것은 진공 동료의 돌연변이다
진물 하나 흐르지 않는 강이다

수줍은 밤

−꼴통

고함을 쳐도
듣지 못하는 귀머거리다

돌아오는 소리는
윙윙거리는 울음 섞인 바람소리뿐,
강가에 서있는 갈대만
귀를 기울인다

수줍은 밤

−허무

어제 먹은 알약이 허물 하나 벗지 않고
긴긴 대장의 미로를 미끄러져 나오고
커지지도 작아지지도
떨어지지도 않는 달라붙은 딱지진 종기 하나

수줍은 밤
−입술

수야의 입술은 투명하다
거북아 거북아 천년 묵은 거북아
수야의 입술을 물어라
너의 긴 생명으로
수야의 입술을 물어라
수야의 향기를 마셔라
너의 오래된 입김으로
수야의 향기를 진하게 하여라
수야의 입술을 물어라
거북아 거북아 천년 묵은 거북아
하늘에서 긴 동아줄 내려온다

수줍은 밤

—정사

너의 깊숙한 곳에서는
죽음의 냄새가 자주 난다

죽음의 시작은 항상 환희이다

수줍은 밤
-유효기간

너와 나
사랑이 유한무한하다

이 세상 무한하게 사랑한다는 것은
다만 길고 짧음이다

일부종사한 여자가 삼발을 하고
몽둥이 하나 들여왔다

수줍은 밤
-꽃

내 애인은 성기가 열 한 개래요
손가락 다섯 개
손가락 다섯 개
그리고 거기,

꽃 속에서 이제 막
걸어 나온 남자가 열한 명

제 각각
열 한 개의 꽃잎을 입에 물고
꽃 꽃 꽃 꽃 꽃 꽃 꽃 꽃 꽃 꽃 꽃

지구는 꽃
태양은 별

우주는 꽃과 별이래요

수줍은 밤
-식당

식당에 들어갔다
밥은 먹지 않았다

수줍은 밤
-꽃 살림

집밖의 새둥지는
새와 새의 관계다

꽃 살림이다

수줍은 밤

─밤안개

밤안개가
바다를 헤매고 있을 때
붉은 빛의 등대가
그 여자 속으로 들어왔다

수줍은 밤

—관계

남자의 봄은 앞으로 오고
여자의 가을은 뒤로 온다

수줍은 밤
−안개 (1)

안개 밭으로 들어갔다
물컹한 것이 내 혀에 얹혀 있다
안개의 알갱이들이
물컹한 것에서 쏟아져 나왔다
이내
나는 안개 속을 허우적거린다

수줍은 밤
-안개 (2)

안개의 집에서
안개의 씨앗들이 터져 나온다
그리고 남은 것들은
안개의 나무에 매달려 있다

수줍은 밤
−안개 (3)

안개의 씨앗들이
내 속으로 들어왔다
안개의 수억 개 집들은
하얀 알갱이들을 쏟아내고
바람이 된다

수줍은 밤

—성기를 버리다

검은 봉지에 싸서 성기를 버렸다

수줍은 밤

ㅡ권력

남자의 권력은 꽃밭에서 나온다
테헤란로 704ㅡ50번지 요정이다
여자의 가장 큰 권력은 명기이다

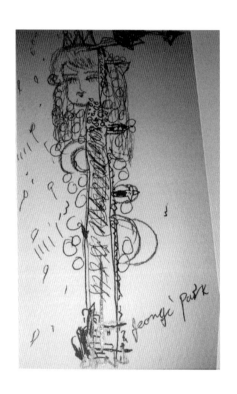

수줍은 밤
-네 개의 눈빛

사각의 둘레에 눈빛이 쌓인다
나는 거울 앞에서
눈빛을 털어내고
소리를 털어내고
고인바람을 털어내자
다시, 눈빛으로 만든 속옷을 입고
낮은 가락으로 들어서는 여자
빽빽이 찬 어둠 속에
네 개의 눈빛이 응시하는데
늦가을도 색으로 된 치마를 입는다

수줍은 밤
–연인

지구는 꽃
태양은 별

우주는 꽃과 별이래요

수줍은 밤
－여자의 디저트

따뜻한 숲속의 수초 낀 연못 위에
물뱀 한 마리가
붉은 혀를 낼름거리다 하얀 입김을 뱉어낸다
왠지 사라진 그 자리가 허무하다

수줍은 밤
─본능

꽃봉오리가 일렁인다
꽃잎이 울음에 젖어든다

밤은 꽃봉오리를 그리워한다
밤은 젖은 꽃잎을 기다린다

수줍은 밤
-등글개첩

수줍은 여자는 소리를 지르지 않는다
그냥 먼 허공만 쳐다보는 밤의 여자다

수줍은 밤

─비꽃

비꽃이 내린다
밤이 되어 떨어진다
떨어진 비꽃이
아직도
허무적인 울타리를 기대고 있다

수줍은 밤
-슬파

꽃잎이 너무 황홀해
나비도 잠시 멈추지 못하고
깊이 빠져버렸구나

george park
2017. 7.

수줍은 밤
–섣달 그믐달

그녀는 한쪽 얼굴이 가려진 여자
가난한 눈썹달의 여자, 시의 여자
어둠의 그림자 없이 여윈 달빛이 되어
부유한 보름달도 되지 못한 채 멀리 얹혀 있다
그믐달은 겨우 숨결만 보낸다
어둠에 떠있는 가난한 빛이여
차마 멀어서
그에게 갈수 없는가
섣달 그믐달의 체해 있는 슬픔이다
어둠의 숨결이 출렁거린다
그 그림자 곁에 앙징의 새벽별은
하얗게 사위어만 간다

수줍은 밤
—소리의 그림자

테헤란로의 영혼들이
각각의 품으로 돌아 갈 즈음
밤의 거울을 닦는다
물컹한 향에 절인 음계들이
긴장되어 흐르고
한밤의 수밀도는 끝없이 밀려드는데
은하에 밀린 바람의 속도가
빠른 그네를 탄다
주술에 걸린 미묘한 내부를 해부한다
허기진 오랜 슬픔을 치유하듯,
붉은 문장들이 끝없이 이어지고
온몸에 불가측이 숙명인지
홀로된 시를 탯줄에 이어본다

수줍은 밤
−홀로 자라는 눈빛

포엠
커피숍에서 자라는 눈빛들
응어리가 된 언어들이
불빛 아래에서 썩고 있다
커피 안의 언어들은
언어로 살아
언어로 까맣게 죽을 것처럼
공허로 흘러가고
잊혀진 문장들을 끌어들인다
비애를 안은 오십 계단과
꽃의 대화를 기다리는 커피의 향기는
눈빛을 감춘 깊은 곳을 더듬어간다

커피숍에서 자라는 눈빛들이다
커피향기 속에서 자라는 눈빛들이다

수줍은 밤
―춤

몸속에서
젖은 꽃이 피어오른다
젖은 꽃잎에서
젖은 이파리 속에서
젖은 숲속에서
끝없이 흐르는 춤

비가 내린다
우물 곁에 버려진 두레박은
흰 치마폭에 가리우고
우물 속의 거울은
하늘빛이 되어 흐르는데
녹여가는 춤의 그림자는
눈물방울 되어 떨어진다

수줍은 밤
−젖은 편지

깊숙이 묻어둔 젖은 편지 한 장
새떼들의 그림자가 지나간다
심장을 쪼아대던 새떼의 소리들은
누워서 흐르고
생의 낙수들을 헤아리지 못한 채
묵은 편지만 뒤척거리고 있었다

달구어 낸 것들
떨구어 낸 것들이
손 시린 바람의 편지가 된다

가난한 뿌리를 키우는 뿌리들

수줍은 밤
–몸은 감옥이다

함박눈 내리는 캄캄한 밤
충혈된 헤드라이트 두 개가 다가온다
지난겨울 찾았던 외진 가마
벌겋게 달아오른 통나무 숯덩이가
눈에 어린다

수줍은 밤
−얼음벽 수레

물컹한 바람
은빛 날갯짓이 그리운 밤
그의
눈빛의 둘레에서 서성거린다

그녀는
찢겨진 시간을 올려다보며 울었다

차마 버리지 못한 그의 그림자
멀리서도 손짓하지 못한
허공의 얼음벽에 내린 절규
아린 슬픔을
허공의 수레에 태워 보냈다

수줍은 밤

—질투

그리움의 그림자는 질투다
그리움은 거리의 간격이다
내가 나를 그리워하지 않듯이
내가 나이기 때문에
그리움은 항상 반란을 꿈꾼다

수줍은 밤
−봄비

봄비가 추적거리며
어두운 땅속에서 열기로 올라오고
겨우내 깊이 박혔던 뿌리가 요동치기 시작한다

수줍은 밤
−시를 가두는 이유

그 여자의 몸에서
눈물이 자라서 시가 되었다
슬픔으로 슬픔으로
눈물로 눈물로 자라가는 시의 몸
비틀비틀 익어가는 시의 몸
그 여자가 슬픔을 가두고 사는 이유는
시의 잉태를 기다리는 것
그 여자는 안개비를 닦아서
시의 창에 거는 이유를
그 남자에게 묻고 있다

수줍은 밤
―타는 목마름

목이 마른 새의 울음을
바람이 걸려있는 밀꽃의 음성을
나는 나직이 듣고 있다

수줍은 밤

-연두 새

계절의 어떤 체위도 거부했던 연두 새 한 마리
허공을 파닥이던 목이 쉰 피나무에 체포되었다
아직 익숙하지 않는 새의 입술이
바르르 떨더니 이내 시간의 한 획으로 조여지고 있었다
소리의 일대기가 젖어간다
낮은 바람소리에 풀어놓은 꿈들이 떠다니고
몸살 앓은 마디마디의 소리들
푸른 별밭에 떨어진다

수줍은 밤
−매력

그 남자는
힘줄을 세울 때 세우지 않고
소리에만 힘줄이 들어있다

매력없음

수줍은 밤
－손님

봄비 내리는 밤
봄비 가르고 내리는 소리
깊숙한 곳을 배회하는 바람 한줄기
연분홍 꽃전등 켜고 내게 오시려나

수줍은 밤
-사랑꾼

그녀의 꽃잎은 두 개다
속살은 달빛으로 얹혀있고
꽃잎은 표층을 으깬다

수줍은 밤
-황홀한 굴복

너의 목소리는
바람의 소리,
물의 소리,
색의 소리이다

수줍은 밤

−색

그녀의 청보라 치마에 얹혀 있는
낯선 기운은 어둠을 삼킨다

수줍은 밤

−청녀

밤 그림자가 방안에 빽빽한데
천개의 바람은 무겁게 펄럭이는데
그대로 인해 젖은 눈과 흰서리는
끝없이 젖어만 가네

수줍은 밤

−이끌림

그 여자의 연둣빛 안경테는 유혹이다
그 여자의 연둣빛과 연애를 한다
그 여자의 눈빛과 섹스를 했다